Mon grand-père

DU MÊME AUTEUR
AUX ÉDITIONS ALLIA

L'Agrume
Eau sauvage

VALÉRIE MRÉJEN

Mon grand-père

IDEM • VELLE

AC • IDEM • NOLLE

ÉDITIONS ALLIA
16, RUE CHARLEMAGNE, PARIS IVe
2004

MON grand-père amenait ses maîtresses chez lui et faisait l'amour avec elles en couchant ma mère dans le même lit. Ma grand-mère, dont c'était le deuxième mari, demanda le divorce. Après avoir fait mine de vouloir se tuer avec un couteau de cuisine, il accepta gentiment. Ma grand-mère se remaria avec un gigolo, et mon grand-père épousa sa secrétaire qui avait trente ans de moins que lui. Comme voyage de noces, il l'envoya en vacances avec ma mère, car ses affaires le retenaient à Paris et qu'il ne pouvait se permettre de prendre du bon temps comme ça. Mon grand-père voulut se venger de ma grand-mère pour l'avoir quitté. Il eut l'idée de dénoncer son ex-beau-père aux impôts afin que celui-ci ait un contrôle fiscal. Le père de ma grand-mère, qui avait beaucoup d'argent à rembourser, sauta de la tour Eiffel. De l'union de mon grand-père et de sa femme naquit une petite fille. Lorsqu'il amenait ses maîtresses chez lui, mon grand-père faisait l'amour avec elles en couchant ma tante dans le même lit. Pendant ce temps, le troisième mari de ma grand-mère commençait à s'intéresser à ma mère, qui était jeune, belle et naïve. Il partit finalement avec une hôtesse de l'air qu'il avait tamponnée en voiture, et dont il tomba amoureux en remplissant le constat amiable. Ma grand-mère se jeta par la fenêtre de son appartement. Un peu plus tard, la seconde femme de mon grand-père se suicida en sautant du haut de son immeuble. Mon grand-père refit sa vie avec une dame dont le nom était Jeanine mais que nous surnommions Lolotte. Lolotte changeait de couleur de cheveux tous les deux jours. Elle mourut d'un cancer du poumon. Mon grand-père fut presque aussi triste que le jour ou il perdit son chien Xénophon.

Mon grand-père réussissait la sauce béarnaise. Il nous en préparait chaque fois que nous allions déjeuner chez lui, avec de la viande et des frites. Comme entrée, il servait souvent du pâté de sardines et des toasts.

La télévision était posée sur une sorte de promontoire Empire qui servait de meuble à bouteilles pour les alcools.

(J'ai l'impression que mon grand-père aime bien prendre l'apéritif, car j'ai remarqué qu'il avait souvent une haleine de whisky.)

Son lit était recouvert de fausse fourrure noire, et il y avait au mur la reproduction d'un dessin représentant un cheval vu de face. Il y avait aussi un calendrier avec des photos de femmes nues qu'il faisait semblant de cacher en en laissant dépasser un côté de sous son lit. Mon grand-père aimait bien parler des femmes en évaluant si elles étaient ou non consommables et prenait plaisir à raconter des blagues obscènes à table.

On dit qu'il engrossa une bonne au service de ses parents, qui perdit sa place et partit élever son enfant seule.

L'enfant était paraît-il une fille, le portrait de ma mère en blonde.

Lorsque ma mère était enfant, elle eut un jour l'audace de recracher des lentilles à table. Mon grand-père lui hurla dessus tellement fort qu'elle fut traumatisée.

Ma mère était amoureuse d'un ami de la famille lorsqu'elle avait seize ans. Un jour, cet ami appela mon grand-père pour lui raconter des horreurs et tenir des propos infâmes. Le premier réflexe de mon grand-père fut de tendre l'écouteur à ma mère afin d'observer la déception sur son visage.

Mon grand-père était très sévère sur la façon de se tenir à table. Il faisait des yeux exorbités si nous agitions nos couverts en parlant.

Lorsqu'il voulait se montrer méprisant envers un homme qu'il n'aimait pas, mon grand-père l'appelait "ce monsieur". Il disait "je ne veux pas avoir affaire à ce monsieur".

Dans sa salle de bains, les robinets étaient beaucoup trop près du bord de la vasque, si bien que c'était impossible de se laver les mains. Il fallait les coller contre la faïence en tordant les poignets.

Il y avait une sorte de tapis en caoutchouc avec des motifs d'empreintes de pied dans le fond de sa baignoire.

Mon grand-père nous menaçait en nous disant qu'il allait nous masser la cellulite.

La sœur de mon grand-père s'appelle Nicole mais son surnom est Ligou.

Tante Ligou est très riche, elle habite dans le seizième où elle partage un appartement avec son teckel.
Elle fut mariée à un homme qui est mort maintenant, mais qui s'appelait Roger.

Roger tenait un magasin de chaussures sur les Champs-Elysées et allait tous les jours boire un whisky au Fouquet's. Il avait des yeux pâles et un regard stupide. Roger et Ligou passaient les mois de juillet à Deauville et les mois d'août à Cannes. Ils n'aimaient pas changer.

Quand ma grand-mère était plus jeune, elle s'était déjà mariée avant de rencontrer mon grand-père. Elle avait eu un fils qui s'appelle Bernard.

Bernard s'est marié avec Josiane. Ils eurent deux enfants.

Josiane utilise un fond de teint aisément détectable et s'encolle les cils de rimmel bleu vif. Elle porte un manteau de fourrure en renard orné de queues de raton laveur. Ses cheveux sont blond naturel.

Ma mère avait un oncle et une tante, tonton Fred et tante Simone, qui tenaient un magasin de vêtements à Levallois. Ils vendaient des costumes, des chemises, des cravates, des chaussettes, des pulls à col V et des pochettes en soie. Tonton Fred avait un dentier et tante Simone se mettait du spray violet dans les cheveux. Ils avaient une fille, Michèle, que l'on appelait Mimiche, et qui était mariée à un certain Serge. Mimiche et Serge avaient adopté une fille car ils ne pouvaient pas avoir d'enfants. Leur fille avait beaucoup de problèmes.

Mimiche parlait et fumait beaucoup. Elle semblait toujours gaie, contrairement à son mari qui avait l'air de s'emmerder comme un rat mort. Je me souviens qu'elle ne portait que des bijoux en or car elle était allergique aux autres métaux.

Mon père et ma mère se connurent autour d'une table ronde dans un club de rencontres. Ils commencèrent tout de suite à se fréquenter.

Mon père fut reçu dans la famille de ma mère. Il y avait mon grand-père, la soixantaine, accompagné de sa future femme de trente ans, le troisième mari de ma grand-mère, le père du troisième mari, Bernard, Josiane et ma grand-mère.

Mon père dut subir un interrogatoire. On lui posa toutes sortes de questions sur sa situation, son origine sociale et ses études. Mon grand-père objecta qu'il était tout de même un peu âgé pour sa fille. Mais on comprit bien vite qu'il s'était mal renseigné à la préfecture, où on lui avait donné la date de naissance du frère aîné de la famille.

Dans la famille de ma mère, on considérait mon père comme une sorte de sauvage. En effet, il était né au Maroc. Mon grand-père, se considérant à tort comme un homme supérieur, méprisait mon père.

Ma mère elle-même, fière malgré tout d'appartenir à une certaine classe sociale, n'assumait pas totalement d'avoir épousé un rustre (mon père avait tendance à servir l'eau dans les verres à vin et le vin dans les verres pour l'eau).

Josiane, la femme de Bernard, s'attirait la même condescendance car elle était coiffeuse et que son père se tapait sur les cuisses en riant.

Ma mère nous disait que mon père était un parvenu et qu'il nous considérait comme ses plantes vertes (il aimait nous voir bien habillés, surtout pour les fêtes juives).

Mon père nous disait que ma mère nous bourrait le crâne, et quelquefois, qu'il avait la tête farcie.

Il nous disait qu'il faut toujours écouter les deux sons de cloche.

Quand il était au téléphone avec un bavard ou un emmerdeur, mon père se mettait l'écouteur sous le bras comme pour se doucher avec, et disait : "ah, oui... ah, voilà..." avec l'air de s'en moquer complètement.

Lorsqu'il s'énervait, il nous disait qu'il allait nous faire sauter la tête, ou bien qu'il nous donnerait une claque tellement forte que notre tête allait voler. Il nous disait qu'il allait nous faire sortir les yeux de la tête ou qu'il nous arracherait les yeux.

Ma mère utilisait un langage plus civilisé : garce, mauvaise gale, parasite.

Mon grand-père, qui était très bon cavalier, utilisait sa cravache pour corriger ma mère lorsqu'elle était enfant. Il réussit à la convaincre des avantages de cette méthode, qui paraît-il, laisse moins de traces qu'une fessée traditionnelle.

Ma mère était pour expliquer la sexualité aux enfants. Nous avions une sorte d'encyclopédie illustrée qui s'appelait *La Vie sexuelle*.

Je rêvais d'avoir les cheveux mi-longs avec une frange, mais ma mère m'emmenait chez le coiffeur pour me les faire couper très courts.

Mon père nous faisait tout le temps craquer les cartilages des doigts.

En faisant mine de nous courir après, il disait "alors là !.." Ou bien : "et maintenant…" (sur l'air de *Et maintenant, que vais-je faire ?*).
Il nous chantait : "C'est la samba brésilienne, qui fait danser les parisiennes" et "Les feuilles mortes se ramassent à la pelle" et "Ah ! Mabrouka, ah ! Mabrouka".

Mon grand-père a toujours eu une certaine sympathie pour l'ordre et la discipline.
Il est insensible à l'humour dont on peut faire preuve en tirant la langue ou en se moquant de lui. Il ne faut surtout pas lui désobéir.

Dans ses toilettes, il y avait un poster plus long que haut où l'on voyait toute une série d'animaux faire la queue.

J'ai l'impression que certains noms revenaient souvent dans sa bouche, par exemple "Gambrinus", ou "Garibaldi".

Il conservait les calendriers et les éventails offerts dans les restaurants chinois.

Sur le mur de sa salle à manger, il y avait deux timbales de sommelier accrochées par des rubans et une applique dorée en forme de double torche avec des ampoules flamme.

Mon grand-père a de longues mains et une manière particulière de les croiser. Il les arrondit en les posant l'une sur l'autre.

Ma mère trouvait que les oreilles percées et le vernis à paillettes faisaient fille de concierge.

Mon grand-père lui avait appris des chansons paillardes : ma tante Eulalie, les prunes de mon grand-père, etc.

Quand j'étais petite, mon père avait un ami agent immobilier qui s'appelait monsieur Mergui. Chaque fois que nous passions devant son agence, il fredonnait : "immobilière Mergui, a a a a..."

Du côté de ma mère, on donnait beaucoup de surnoms ; Titine, Patite boule, Rorette, Licoco, Sami, Manuelito.

Mon père surnommait ma mère Tinou.

Mon grand-père aimait bien les sabres. Il y en avait un chez lui, entre autres objets horribles. Il avait aussi un sablier coulé dans un bloc de résine, serti d'un caillou bleu et d'une espèce d'algue. Il y avait aussi un dessous de plat en verre teinté posé sur des pieds en métal, des petits chevaux en porcelaine et une grappe de raisin en marbre.

Je me souviens qu'il y avait dans sa bibliothèque *Le Troisième Reich* en deux volumes. On voyait une croix gammée sur la tranche.

Presque tout chez lui était vert foncé ou marron.

Il portait toujours un chapeau qu'il soulevait en disant bonjour.

Mon grand-père était fier de ses médailles et ne manqua pas de préciser qu'il avait la légion d'honneur sur le faire-part de mariage de mes parents. Il ne mit rien sur son niveau d'équitation.

Ma mère était d'une beauté extrême le jour de son mariage. Elle portait une robe simplissime avec un col montant et une traîne en tulle. On aurait dit une japonaise. Elle avait un bouquet de jonquilles et un gros chignon.

Parmi ses robes, il y en avait une que je préférais. Elle était blanche en matière synthétique, avec un col chemise et une fine ceinture dont la boucle était recouverte de tissu. Il y avait des motifs en forme de sphères marron et beige (nous étions dans les années soixante-dix).

Le canapé du salon était orange, la banquette de la cuisine était en skaï orange, et le luminaire de boules en verre orange.

La table de la cuisine était en bois marron avec de gros autocollants de fleurs marron et blanches.

Ma mère disait : “Il y a des coups de pieds au cul qui se perdent.”

Quand je lui demandais une explication qu'elle n'avait pas envie de me donner, elle répondait “pour te faire parler”, ou “à cause des mouches”.

Quand je lui demandais de me raconter une

histoire, elle récitait : “Il était une fois une marchande de foie qui vendait du foie dans la ville de Foix. Elle se dit ma foi, c’est la première fois et la dernière fois que je vends du foie dans la ville de Foix.”

Mon père connaissait un conte, celui du petit poisson d’or. C’est un pêcheur très pauvre dont la femme est méchante et qui part pêcher vaillamment tous les matins. Un jour il tombe sur un poisson d’or qui le supplie de le laisser en vie, lui proposant en échange d’exaucer un de ses vœux. Il revient chez lui où sa femme l’insulte et l’exhorte à demander un baquet neuf. Après quoi, il se fait traiter de tous les noms, elle demande toujours plus de robes et de bijoux, un palais, etc. jusqu’au jour où elle exige qu’il ramène le poisson. Le pêcheur, qui malgré sa grande bonté est un peu faible de caractère, va trouver le poisson et lui expose son cas. Le poisson devient furieux et provoque une grande tempête. Quand il revient chez lui, le pêcheur trouve sa femme en guenilles dans leur vieille cabane pourrie, avec le vieux baquet d’avant.

Mon père nous pinçait la joue en tirant dessus et portait le bout de ses doigts à ses lèvres.

Le dimanche, on entendait les cloches de l'église Sainte-Odile, qui est l'une des plus laides du monde.

Plus tard, quand j'étais adolescente, j'allais patiner à la "main jaune" juste à côté de la maison. Mon père confondait et disait "le nain bleu". Il y avait aussi une piste au ski qui s'appelait "l'abricotine", mais mon père disait "la mandarinette".

Ma mère disait que c'était vulgaire pour une femme de fumer dans la rue.

Nous avions un voisin dont la femme répétait tout le temps "c'est ça, c'est ça !". On l'appelait madame "c'est ça c'est ça".

Il y en avait un autre que l'on entendait jouer toute la journée le même morceau au piano.

Un jour, un monsieur âgé qui habitait l'immeuble mourut. La concierge vint l'annoncer à ma mère en lui disant "monsieur Wogue père est mort".
Ma mère sentit son cœur se soulever car elle crut entendre "monsieur votre père est mort".

Ma mère était restée liée avec Jeanine, qui était la meilleure amie de ma grand-mère. C'était déjà une vieille dame. Jeanine apportait toujours des bonbons, des chocolats ou des Smarties dans un sac en plastique.

De même que "Mimiche et Serge", il y avait "Nanine et Jacques".

Ma mère avait une spécialité comme dessert rafraîchissant pour l'été : une pastèque découpée en forme de panier, avec une anse, remplie d'une salade de fruits à la pastèque.

L'été, pour emporter sur la plage, mon père nous préparait toujours les mêmes sandwichs : dans de la baguette, de grosses tranches de tomate, des miettes de thon à l'huile, des rondelles d'oignon et du sel.

Mon père se relève quelquefois avant de dormir pour aller chercher un morceau de chocolat dans le placard et répète l'opération une fois ou deux en faisant claquer ses babouches.

Quand il reçoit un appel de l'étranger, il hurle dans le téléphone comme si la personne allait moins bien entendre à cause de la distance.

Il a des amis qui appellent quelquefois à la maison, et qui, au lieu de se présenter, disent : “Allô ? Qui est à l’appareil ?”

L’été, il pulvérisait de la bombe insecticide sur les frelons et disait : “Voilà ! Mort au champ d’honneur.”

Il employa un jour l’expression “Qu’à cela ne tienne”. Je pensais que cela s’écrivait “Casse la neutiènne”.

Ma mère disait souvent “soi-disant” et j’entendais “soit dix ans”.

Elle utilisait des phrases comme : je me suis cassé la nenette, j’ai couru au diable, je me suis cassé la binette.

Elle raconta qu’une fois, dans un élan de colère, mon père lui avait dit “tu vas suer le burnous”. Je n’osai pas lui demander ce que ça voulait dire.

Ma mère faisait plein de fautes d’orthographe. Un jour que j’avais eu dix-neuf en dictée, elle me fit remarquer que l’orthographe était la science des ânes.

Un dimanche soir, mon père nous ramena d'un week-end chez lui, pendant lequel nous étions allés à une fête de famille. Il dit : "Valérie était la plus jolie d'entre ses cousines". Ma mère répondit : "Au pays des aveugles, les borgnes sont rois."

Mon père nous racontait une histoire de poule qui voulait moudre du blé pour faire de la farine. Elle demandait de l'aide à un canard, puis à un dindon, qui tous deux n'étaient pas très serviables. La phrase était "Pas moi, dit le canard. Ni moi, dit le dindon".

Le seul souvenir que j'ai de la deuxième femme de mon grand-père est un après-midi que nous avions passé ensemble avec ma mère. La veille, j'avais vu un spectacle de marionnettes dans lequel il y avait un personnage qui chantait : "Je suis le gardien du square, on ne me raconte pas d'histoires, je suis le gardien du square, on ne me prend pas pour une poire". J'avais passé l'après-midi à leur briser les nerfs avec cette chanson. A la fin de la journée, elles n'en pouvaient plus.

J'ai retrouvé un télégramme que ma grand-mère avait envoyé pour mes deux ans. Elle mettait : "Heureux anniversaire. Mamie."

Sur une photo de vacances ancienne, mon grand-père porte un slip de bain kangourou à la taille très haute.

Il y en a une autre où l'on voit un monsieur corpulent au regard très gentil assis devant des hortensias.

Mon père avait des babouches en cuir qui dégageaient une odeur de teinture immonde.

Rue de Courcelles, de chaque côté de la cheminée, il y avait des défenses d'éléphant sculptées posées sur des socles en bois. Il y avait aussi un objet décoratif en fils lumineux et transparents dont les terminaisons changeaient de couleur.

Pour les anniversaires, ma mère préparait des canapés avec du pâté de foie et des rondelles de cornichon, avec des rondelles de saucisson, et avec des œufs de lump rouges ou noirs et des petits morceaux de citron.

Elle versait toujours le jus d'orange dans une énorme carafe qu'il était impossible de soulever et à l'intérieur de laquelle il y avait un réservoir à glace.

Comme livres, j'avais *Poule rousse*, *Roule galette*, *La Vache orange*, et *La Boîte à soleil.*

Dans *La Boîte à soleil*, une fille essayait d'enfermer la lumière du soleil dans une boîte à cigares vide. Elle attendait le soir pour ouvrir la boîte, et trouvait un verre luisant qu'elle avait capturé par hasard.

La Vache orange était l'histoire d'une vache malade. On la voyait au lit avec un thermomètre dans la bouche. Je voulais persuader ma mère de nous prendre la température comme ça, mais elle disait que c'était plus efficace dans le derrière.

Mon père s'affolait toujours au vu de la moindre égratignure. Il s'écriait: "Ouh la la la la".

Au lieu de "il faut te tirer les vers du nez", il dit "il faut te violer".

Mon père disait souvent que mon frère était très sensible.

Pour savoir quoi préparer à manger, il s'adressait à l'un d'entre nous en demandant : "Qu'est-ce que vous voulez?"

Mon père nous dit toujours "assieds-toi".

Il donne une petite tape sur le canapé pour nous inviter à nous mettre à côté de lui.

Quand on l'embrassait, il nous disait "mieux que ça!"

Un jour, j'ai cassé un morceau d'un meuble du salon en me cognant. Ma mère m'a traitée d'éléphant dans un magasin de porcelaine.

Mon grand-père partait tous les ans en Italie, d'où il envoyait une carte postale adressée à notre chienne.

Il descendait toujours dans le même hôtel, où il avait ses habitudes. La station balnéaire s'appelait Bellaria.

La mer y est paraît-il infecte car les égouts se jettent dedans.

Quand il était enfant, mon grand-père faisait des blagues dans les hôtels. Il versait une poudre qui faisait mousser et verdir l'urine dans le fond des pots de chambres et tournait les grooms en bourrique.

Mon père aussi nous racontait qu'il adorait faire des farces. Dans la cave de leur maison, il y avait de grandes jarres en terre dans lesquelles étaient conservées l'huile, les épices et la viande. Un jour, une bonne descendue chercher des provisions prit une olive en passant. Il lui attrapa la main dans le noir et lui dit : "pose l'olive". La fille se mit à hurler qu'elle avait vu le diable.

Mon père avait huit frères et sœurs : David, Jonathan, Robida, Elie, Marguerite, Dody, Renée et Albert.

En classe, dans le dos de l'instituteur, ils se lançaient une pastèque qui un jour explosa à terre.

Ils avaient un professeur complètement sourd. L'un des élèves levait la main et demandait : "Monsieur, je peux aller aux toilettes ?" Quelques secondes plus tard, un deuxième posait la question : "Monsieur, je peux aller baiser ta femme ?" Le prof disait : "Non ! Il y a déjà quelqu'un !"

Quand elle était toute petite, ma mère dut chanter une chanson pour des vieilles tantes réunies à l'heure du thé. Elle entonna innocemment *Les Couilles de mon grand-père* devant un auditoire offusqué.

Ma mère disait souvent “merdum”.

Ou “vous me faites suer”.

Mon grand-père, qui était fier de parler allemand, disait “Scheisse”.

Ma mère trouvait que l’arabe était une langue horrible. Elle imitait mon père en se raclant la gorge.

Mon père imitait l’oncle de ma mère en faisant bouger sa mâchoire.

Un jour, pour plaisanter, j’ai traité mon père d’homosexuel. Il s’est fâché comme si je lui avais lancé la pire insulte qui soit.

Lorsqu’elle s’énervait, ma mère serrait les dents et disait “ça va tomber!”

Lorsqu’il arrivait à bout de sa patience, mon père disait “ma patience a des limites”.

Lorsqu’on l’avait vraiment déçu, il disait “ah la la, vraiment… c’est lamentable”.

Pour embêter ma mère, je suis rentrée un soir avec les oreilles percées.

Une autre fois, je suis revenue avec une coupe atroce. Elle m'a dit "c'est dommage, toi qui avais de si beaux cheveux". Si elle me l'avait dit avant, je ne serais pas allée chez le coiffeur.

Quand nous allions acheter des vêtements avec mon père et que le vendeur demandait ce que nous voulions, il lui répondait "elle va vous dire ça" avant de se tourner vers moi pour me dire "allez vas-y, explique ce que tu veux".

Mon père a une façon de suggérer ses choix qui rend la contre-proposition pratiquement impossible.

Il aurait voulu que je porte plus de jupes, quelques bijoux et un peu de rouge à lèvres.

Mon père distingue deux catégories d'allures possibles : "habillé" ou "sport".

Il a longtemps porté un manteau de fourrure en ragondin.

Pour ranger son portefeuille et ses papiers, il utilise un sac en cuir ou en simili rectangulaire porté dans le sens de la hauteur avec des poches extérieures et des rabats.

Lorsque l'on part en voyage, il nous suggère toujours d'acheter une sorte de ceinture multipoches pour ranger l'argent et les papiers.

Au restaurant, mon père désigne les serveuses en les appelant "la mignonne", surtout si elles ont un physique ingrat.

Il pointe les plats sur la carte, demandant si c'est bon avec un air incrédule.

Mon père se sert souvent le premier en disant "allez-y, servez vous".

Il aime bien aspirer la soupe brûlante en grimaçant.

Quand il est en froid avec son amie Huguette, il dit qu'elle lui fait la soupe à la grimace.

Dans sa famille non plus, on n'appelle pas les gens par leur nom : il y a Louiso, Jojo, Dédé, Gaby, etc. Lorsque deux personnes portent le même nom (par exemple Joseph), on précise si c'est le fils d'un tel ou d'un tel. Cela donne des phrases comme "Jojo de David ou Jojo de Jonathan ?"

Le père de mon père s'était remarié avec une dame qui s'appelle Rebecca et qui fait des petits chocolats fourrés aux cacahouètes écrasées.

Mes oncles et tantes nous appellent "mon fils" ou "ma fille".

Une de mes tantes a peur des animaux. Un jour, un moineau est rentré dans sa maison, elle s'est mise à hurler au voleur.

Lorsqu'ils évoquent leur père, mes oncles et tantes l'appellent "mon père", comme si ça n'était pas le même pour les autres.
Ils disent aussi "mon père, mon pauvre père".

Pour nous rassurer lorsqu'il nous arrivait quelque chose, mon père nous disait "ça n'est pas grave" et ajoutait "rien n'est grave, sauf la mort".

Il faisait rire ses amis en racontant nos secrets et aimait voir que ça nous rendait furieux.

Lorsque j'avais treize ans, une de mes tantes m'a tripoté le sein devant tout le monde en s'écriant "hé ben ! ça pousse !"

Lorsque mon père et ma mère se disputaient, mon père nous prenait à témoin par des phrases comme "... et je le dis devant les enfants!", qu'il hurlait.

Ma mère me disait que, de nous trois, ma sœur était celle qu'elle avait le plus désirée.

Elle répétait "en route, mauvaise troupe".

Mon grand-père n'a jamais voulu dire ce qu'il avait fait pendant la guerre. Il prétendait plus ou moins avoir résisté. Je pense que ma mère le soupçonnait d'avoir eu une attitude assez trouble.

Lorsqu'il s'énervait, mon grand-père se mettait réellement hors de lui. Il commençait par trembler légèrement, penchait la tête en arrière puis écarquillait les yeux à fond.

Pour Noël, il nous donnait un billet de 500 francs à diviser en trois, ce qui nous faisait 166,3333333 francs chacun.

Ma mère disait qu'il possédait des enregistrements de discours d'Hitler en 78 tours.

Pour mettre fin aux disputes, mon père

disait souvent “l’incident est clos”. Je confondais incident et incendie. D’après moi, ça voulait dire que l’incendie était éteint.

Mon père ne savait jamais dans quelle classe nous étions, ni nos dates de naissance. Je faisais exprès de lui poser la question pour le piéger.

Lui-même ignore quand il est né parce qu'à l’époque, personne ne pensait à déclarer les enfants. Il paraît que l’état civil n’existait pas encore au Maroc. Tous durent choisir des dates arbitraires à leur arrivée en France. Ses sœurs en profitèrent pour se rajeunir, si bien que certaines aînées se retrouvèrent cadettes sur les papiers.

Mon père racontait assez fièrement une de ses meilleures blagues ; sa sœur Dody venait de perdre tous ses cheveux après avoir eu la typhoïde. Elle se couvrait la tête avec un foulard. Il arriva par derrière avec une règle et souleva le foulard. Affolée, elle se mit à courir en se couvrant le crâne avec ses mains.

Il se moquait aussi de sa sœur Robida parce qu’elle avait un grand nez. Il fabriquait une marionnette avec un cintre recouvert par un drap et imitait le cri du dindon.

Ma mère trouvait que les sœurs de mon père avaient des jambes comme des poteaux.

Pendant les dîners de famille, mon père, mes oncles et mes tantes se racontaient des blagues dont le début était en français et la chute en arabe. Nous les regardions éclater de rire sans rien comprendre.

Ma mère avait une amie qui me rapportait tout le temps des vêtements de chez un soldeur qu'elle connaissait : des pulls mal coupés ou des petits hauts fantaisie. Je me souviens particulièrement d'un sweat-shirt molletonné qui me faisait des épaules en arc de cercle et qu'elle me reprochait de ne jamais mettre.

Ma mère m'avait offert une robe de chambre de mémé en matière synthétique matelassée rose.

Sous la pluie, elle voulait que je mette des immondes capuches pliables en plastique transparent.

Quand nous étions invités, mon père nous reprochait de ne pas être plus chics. Il trouvait qu'on aurait pu porter une chemise blanche et un blazer bleu marine.

A l'école, pas mal de gens portaient des pulls col V sur lesquels étaient écrits UCLA. Je me demandais d'où ça pouvait venir.

Je croyais que "mettre la main à la pâte" s'écrivait "mettre la main à la patte".

Sur les pots de confiture, on pouvait lire "poids net". Je prononçais "poidz né" dans ma tête sans comprendre.

Mes parents avaient acheté un petit terrain en Normandie qu'ils baptisèrent "le pré Valem" (pour Valérie et Emmanuel). Quand ma sœur Aurore est née, cela devint "le pré Valaurem". Mon père essayait plusieurs combinaisons et faisait la grimace en disant "Valemaur".

Mon père avait acheté une caravane américaine à laquelle il avait ajouté un abri de jardin. Il avait enterré les roues de la caravane et tout peint en blanc avec des colombages marron. Au fond de la pièce principale, il y avait un canapé clic-clac beige et jaune adossé au pare-brise arrière. Il y avait un vase à pied fait d'éclats de verre coloré sur le rebord de la fenêtre. Dans la cuisine, il y avait des placards en formica faux bois difficiles à ouvrir et une table à rallonges. Il y avait des banquettes en bois peint agrémentées d'autocollants de fleurs géométriques marron et blanches. La salle de bains était fermée par une porte en accordéon. Nous avions une baignoire sabot et un tuyau de douche en caoutchouc qu'il fallait fixer aux robinets. Dans notre chambre, il y avait des lits superposés en métal et un placard caché par un rideau. Le papier peint de la chambre représentait des arbres et des maisons très simplifiés. Les maisons étaient faites de carrés surmontés de triangles. Les arbres, de rectangles pour les troncs et de ronds pour les feuillages.

L'abri de jardin abritait les meubles de jardin, les outils et les toilettes.

Ma mère faisait pousser des salades et des tomates.

Le marchand de bestiaux qui leur avait vendu le terrain trayait ses vaches. Ma mère nous envoyait chercher du lait dans un pot en métal.

Nos voisins les Baumé nous offraient des tablettes de chocolat Codec fourré avec une crème de couleur.

Monsieur Baumé apportait à ma mère des branches de rhubarbe. Elle se laissait pincer les fesses et les seins.

Le fils des Baumé s'appelait Robert. Il eut un accident de voiture tandis qu'il roulait ivre mort. Un soir, pendant qu'il regardait la télévision, il fut abattu d'un coup de fusil dans la tête.

Nous devions passer un réveillon du jour de l'an avec notre père, mais mon frère et ma sœur n'avaient pas prévu de tenues habillées. Ils voulurent faire un aller-retour chez notre mère, qui était partie quelques jours. Mon père les accompagna et attendit dans la voiture. Ma mère était rentrée plus tôt que prévu et gisait morte dans son lit.

Elle avait fait tomber une assiette dans la cuisine. Mon frère et ma sœur ont allumé la lumière et vu les morceaux cassés. C'est comme cela qu'ils sont montés voir dans la chambre.

Ma tante m'expliqua qu'à cause du traitement qu'elle suivait, le sang de ma mère était devenu comme de l'eau.

Bernard, le frère de ma mère, fut chargé de faire graver le nom et les dates de sa sœur sur la pierre du caveau. Il laissa passer trois années, jusqu'à ce que mon père s'en occupe.

Mon père disait que d'entre nous, c'était mon frère le plus affecté.

Mon père pensait que pour ne pas être triste, il valait mieux éviter d'en parler.

Dans sa famille, beaucoup de sujets étaient tabous. Les enfants se taisaient à table.

Il ne fallait pas prononcer certains mots où aborder les sujets délicats.

Mon père disait que petit, il recevait des coups dès qu'il parlait de sexe.

Il trouvait très bien que nous puissions nous instruire en lisant *L'Encyclopédie de la vie sexuelle*.

Nous avions aussi un livre intitulé *Tout l'univers* dans lequel on voyait un dessin explicatif sur les caries. C'étaient d'affreuses bêtes vertes aux dents pointues et à l'air mauvais qui creusaient des trous dans la dent à coups de pioches.

Quand il se détend ou qu'il rentre dans un bain chaud, mon père dit "Allah !"

Dans son sommeil, il pousse des gémissements plaintifs et fait des clapotis pâteux avec sa bouche.

Mon père mange les yeux baissés et ne lève le regard qu'après avoir fini.

Quelquefois, j'essaye de le fixer très longtemps en espérant détourner son attention mais il ne sent même pas que je l'observe.

Pour désigner la nourriture, mon père dit "la bouffe".

Aller au supermarché avec lui était un bonheur. Il nous laissait remplir le caddie de 45 tours et tablettes de chocolat.

A la campagne, mon père préparait des barbecues. Il m'expliqua que c'était un mot américain et que dans le temps, on faisait rôtir les chèvres en leur attachant la barbe à la queue, et que "barbe au cul" s'était déformé en barbecue.

L'origine du nom Mréjen serait celui d'un village espagnol, "Morgan" ou "Moregon", transformé par les autorités marocaines en un mot ressemblant à ce que signifie “corail” en arabe.

Lorsqu’on lui demande d’où vient son nom, mon père s’amuse à répondre que c’est scandinave. A une époque, il voulait en faire remplacer la première lettre par un B pour le rendre plus prononçable.

Un jour, on m’a demandé à l’école ce que faisait mon père. Je répondis “marchand de biens”. La maîtresse comprit marchand de bière. Je corrigeai. Elle comprit marchand de vin.

La plupart de mes institutrices étaient des vieilles filles aigries. L’une d’elles s’amusa à me traiter publiquement d’obsédée parce que j’avais apporté mon *Encyclopédie de la vie sexuelle* en classe et que je fabriquais des soutiens-gorge en pliage.

Elle nous menaçait de fessée déculottée devant tout le monde et disait qu’elle allait nous scotcher la bouche.

Elle disait “Tu veux mes doigts ?”

A Levallois-Perret, chez ma mère, j'avais fait une bande dessinée. Une femme donnait à manger à son chat et lui posait sa gamelle par terre. Mais le chat refusait de manger. La femme reprenait la gamelle, sortait des épices du placard et saupoudrait le ronron de sel, de poivre, etc. Elle goûtait le tout avant de le redonner au chat, qui finalement daignait manger. J'avais passé plusieurs heures à peaufiner le dessin. Enfin contente du résultat fini, j'allai le montrer à ma mère qui soupira : "c'est complètement idiot".

Un jour, ma mère me demanda si j'avais une passion. J'étais pétrifiée. Je n'avais rien à répondre.

Une autre fois, elle me demanda si je m'aimais. Je ne savais pas quoi dire.

La cuisine chez ma mère était toute petite. Il y avait quatre tabourets empilables et une table à rallonges en mélaminé.

Les murs étaient recouverts de carrelage en grès rustique.

Ma sœur avait un jeu qui s'appelait les Bidibules. C'étaient des personnages en plastique ovoïdes qui évoluaient dans une sorte de village enchanté. Avec mon frère, nous trouvions ce jeu complètement débile. Ma mère nous sermonna, craignant qu'influencée par de tels propos, notre sœur ne cesse de jouer aux Bidibules et que cela tue sa créativité.

Après avoir quitté mon père, ma mère s'éprit d'un homme en instance de divorce. C'était le fils d'un fabricant de poupées. Elle m'avait confié l'aimer à tel point qu'elle avait peur. Il la mit enceinte avant de retrouver le foyer conjugal. Ma mère, qui avait appréhendé la quatrième césarienne, ne subit finalement qu'une IVG.

Plus tard, elle tomba amoureuse d'un autre homme qui n'était pas tout à fait séparé de sa femme.

Jeune fille, ma mère recevait un peu d'argent de poche de mon grand-père. Il paraît qu'elle s'en servait pour lui faire des cadeaux.

Mon grand-père n'avait rien dans ses placards de cuisine. Elle le pourvut en verres, en couverts et en assiettes.

Mon grand-père n'attache aucune importance aux objets qu'il a dans son appartement. Je ne peux pas croire qu'ils les ait choisis lui-même. On dirait plutôt des cadeaux d'entreprise ou des appareils offerts pour les abonnements aux magazines. Ses assiettes de cantine en verre jaune sont sans doute celles que ma mère lui offrit quand elle avait seize ans.

Mon père a le même travers. Il prend ce qu'il y a. Ses placards sont encombrés de tasses Arcopal offertes par Esso et les meubles de sa maison de campagne proviennent d'un viager dont il hérita bien tard.

Lorsqu'un appareil électrique ne marche plus, il le garde en disant "ça ne marche plus".

Mon père ne lit jamais les notices des appareils qu'il achète. Il nous demande de le faire pour lui et de lui expliquer.

Pour le mariage de mon frère, mon père envoya un faire-part à la tante Ligou. Elle le lut distraitement et s'excusa de ne pouvoir venir à la bar-mitzvah.

Peu après la mort de ma mère, la sœur de mon grand-père maria un de ses fils. Elle ne nous connaissait pas très bien. N'ayant plus besoin d'inviter sa nièce, elle vit là l'occasion d'économiser trois couverts et de rompre le contact avec nous.

On n'entendit plus parler de notre oncle Bernard ni de sa femme à partir du jour de l'enterrement.

Par acquis de conscience, mon père téléphone de temps en temps à mon grand-père pour prendre de ses nouvelles. Mon grand-père lui demande comment va la chienne.

Mon père nous dit souvent qu'on ne peut compter que sur la famille car les amis se carapatent dès qu'il faut rendre service.

Le jour où elle comprit que son troisième mari commençait à détailler sa fille, ma grand-mère dit : "Il faut la marier, cette petite".

Ma mère avait vingt ans. Un an plus tard, elle se mariait.

Au début, mes parents habitaient un petit appartement à Boulogne. Ils déménagèrent rue des Acacias.

Mon père pensait que son rôle était de rapporter de l'argent et celui de notre mère de nous éduquer. L'amour qu'il nous portait passait par des cadeaux.

Pour obtenir quelque chose, il fallait être gentils et l'embrasser.

Il arrive que mon père exige de l'affection par les menaces.

Lorsqu'il nous invite au restaurant, on lui dit merci papa en lui mettant les bras autour du cou.

Mon père prend toujours exemple sur les publicités pour nous proposer une image de la famille heureuse où les gens communiquent, rient et plaisantent en rentrant à la maison. Il voudrait qu'on lui demande ce qu'il a fait aujourd'hui, qu'on prépare un petit dîner, une jolie table et que chacun se serve en riant.

Il dit : "Dans les familles normales, les gens parlent entre eux, on se raconte ce qu'on a fait dans la journée. J'aimerais que, spontanément, tu dises 'allez, tiens ! Je vais préparer une petite salade'."

Mon père exhorte ma sœur à communiquer

avec mon frère et moi, mon frère à communiquer avec ma sœur et moi, et moi, à communiquer avec ma sœur et mon frère.

Il essaye de faire ce qu'il peut pour nous rapprocher.

Mon père n'écoute nos histoires que d'une oreille. Il veut juste créer de l'animation et donner un semblant de présence. Lorsqu'on lui raconte quelque chose, il est capable de nous questionner dessus dix fois sans se souvenir qu'on lui en a déjà parlé.

Quand il voulait un baiser, mon père tapotait sa joue du doigt.

Il mettait fin à nos bagarres en nous séparant de force et ajoutait “embrassez-vous”.

Ma mère nous disait d'arrêter de nous battre comme des chiffonniers.

Elle chantait quelquefois “ah, c'qu'on s'emmerde ici” ou “soldat, lève-toi, soldat, lève-toi, soldat, lève-toi bien vite”.

Elle disait que nous finirions balayeurs des rues à mal travailler.

Ma mère disait que mon grand-père séduisait les femmes par sa galanterie et ses bonnes manières.

Lorsque nous déjeunions chez lui, il parlait surtout avec ma mère et Lolotte.

On devait se taire et manger proprement.

Il rangeait ses médailles dans une petite boîte.

Il avait un chausse-pieds en plastique vert et blanc muni d'un long manche en bambou.

La porte de son placard fermait mal. Elle était recouverte d'un grand miroir.

Il habitait au septième étage d'un immeuble sinistre à Saint-Ouen.

Il y avait une porte en verre granuleux, un interphone, puis une deuxième porte en verre fumé.

Mon grand-père s'appelle Claude Blum.

Il travaillait rue Jean Goujon.

Presque tout dans son bureau était vert, marron ou noir.

Au-dessus de lui, il y avait un portrait de ma mère enfant en train de tenir un chien dans les bras. Le dessin n'était pas du tout fidèle.

Avant d'ouvrir une agence immobilière avec une vitrine sur la rue, mon père avait son bureau rue de la Victoire.

Il partageait l'étage avec une prostituée. La femme d'un des clients de la prostituée vint recouvrir la cage d'escalier d'inscriptions au marqueur. On y lisait : "la pute, c'est au deuxième", "pour la pute, c'est ici", avec des flèches pour indiquer le parcours.

Dans son bureau, mon père avait accroché son diplôme de l'ordre de la courtoisie.

Il y avait un pot cylindrique rempli de bics sans capuchons, de surligneurs et de feutres secs, un gros cendrier en granit, une boîte en bois contenant des cartes de visite et des trombones, un cube en plexi avec des photos de nous et un bloc de feuilles carrées pour prendre des notes.

Mon père avait une secrétaire blonde qui s'appelait Béatrice.

Je confondais avec Patricia.

Très petite, pendant que ma mère avait le dos tourné, je mis mes pouces dans une prise de courant. L'électrocution leur donna à chacun une forme différente.

Je ne comprenais pas pourquoi on disait “changer d'avis comme deux chemises”.

Ma mère tenait un cahier sur chacun de nous, avec des dates, des photos et une enveloppe contenant des mèches de cheveux.
Elle rédigeait à la première personne.

Ecrit de sa main, on lit : “Ma première dent de lait est tombée le 27 septembre 1974 en mangeant du maïs, et j'ai avalé ma dent mais la petite souris ne m'a pas oubliée et m'a apporté un paquet de sucres d'orges sous mon oreiller” et plus bas : “Maman me donnait une banane écrasée et la cuillère a heurté ma dent”.

En colonie de vacances, j'avais connu une fille à qui ses parents remettaient des cartes postales écrites par eux avant le départ. Ils griffonnaient un message au dos comme quoi tout allait bien, avec leurs nom et adresse. Elle n'avait plus qu'à les envoyer. C'était déjà timbré.

Elle m'avait offert une de ses cartes décorées de paillettes, sur laquelle était reproduit le dessin d'un chalet. Elle était adressée à de certains M. et Mme Lespinasse qui habitaient Hérisson.

De retour d'Angleterre, j'avais rapporté des cadeaux à mes parents. A ma mère, un cygne en porcelaine garni d'un coussin de velours rouge pour planter les aiguilles, et à mon père un éléphant peint en marron.

Ils reçurent aussi une chope de bière avec le dessin d'un vieux fumant la pipe, un baromètre en forme de chalet suisse et une statuette pailletée qui passait du rose au bleu.

Mon père employait souvent le mot "bibelot".

Il a toujours son éléphant marron ainsi que tous les autres objets rapportés de voyage.

Ma mère avait un gros collier en plastique noir, gris et blanc qu'elle portait par-dessus un col roulé brillant.

Elle ne se souvenait jamais si le mot marron avait un r ou deux.

Elle disait souvent "chnoque" ou "du chnoque".

Je connaissais une mère et sa fille qui avaient le même rire. J'en fis la remarque auprès de la mère qui me répondit : "Ha ha, oui, tu sais, nous on rit beaucoup à la maison."

Un jour, ma mère et moi avons bêché le jardin en récitant de tête les chansons du disque *Babar et ce coquin d'Arthur.*

Ma mère se souvenait de toutes les poésies qu'elle avait apprises en cours.

Lorsqu'on n'arrivait pas à s'exprimer par écrit, elle nous citait une phrase de Boileau : "Ce qui se conçoit bien s'énonce clairement et les mots pour le dire vous viennent aisément".

Elle aimait bien faire semblant de se battre à l'épée.

Il y a un film super-huit où ma tante se bat avec mon grand-père. Ils miment un match d'escrime avec des bâtons ou des manches à balai.

Il y en a un autre où mes parents sont en voyage au Maroc. Ma mère porte un cache-cœur jaune en éponge et un fichu mauve. Elle grimpe sur un chameau qui se met debout.

Mon père avait une mercedes bleu marine.

Il se souvenait très bien de sa première voiture. C'était une mg sport.

Pendant qu'il conduisait, ma mère appuyait son bras sur le coin du fauteuil. De derrière, on aurait dit qu'elle le tenait par l'épaule.

Elle relevait ses lunettes de soleil en arrière.

Un jour, en traversant la rue de la Chaussée d'Antin, mon père m'a dit qu'il était riche de cœur.

Il allait presque tous les jours déjeuner dans un restaurant chinois au plafond dallé. Chaque dalle représentait un dragon sur fond or. Mon père commandait toujours un potage en entrée puis des crevettes aigres-douces.

Depuis qu'il a emménagé boulevard des Batignolles, il va dans un chinois aux murs tendus de moquette rose. Il y a des voilages et des statuettes de Bouddha en vitrine.

Mon père essaye toujours de nous faire cadeau de meubles entreposés dans sa maison de campagne. Au lieu de jeter ses vieux fauteuils en mousse et ses placards rustiques, il nous les propose chaque fois que l'un d'entre nous s'installe.

Sa cave déborde de livres de classe, de combinaisons de ski trop petites et de Moon Boots écrasées.

Pour un anniversaire, je lui avais offert un rasoir et un blaireau jaune canari présentés dans un coffret. Il rit de bon cœur en ouvrant la boîte. Sans doute utilisait-il des jetables avec de la mousse en bombe ou un rasoir électrique. Je ne comprenais pas en quoi c'était drôle. Il ne s'en est jamais servi.

Pour Noël, nous donnions des cadeaux aux institutrices. Mes parents avaient acheté à la mienne une salière et une poivrière. Elle grogna qu'elle en avait déjà en déchirant le papier.

A l'occasion d'un repas chez mon père, j'avais préparé un crumble aux pommes. Il prit un air dégoûté comme devant de la bouillie pour chiens.

Le dimanche, rue de Courcelles, mon père écoutait du classique en fumant une cigarette. A travers les voilages, on voyait la rue déserte, les marronniers. Quelquefois, on allait chercher un gâteau avenue Niel.

J'avais deux barrettes en forme d'éléphant.

Mon père déménagea juste en face du bois de Boulogne. On voyait des branches par la fenêtre.

Nous entendions les voisins se hurler dessus. La femme accablait son mari de reproches avant de se faire insulter à son tour comme une merde.

L'amie de mon père avait peur du chat. Dès qu'elle le voyait s'approcher de sa chaise, elle repliait ses jambes vers elle et se mettait à geindre.

Ses cadeaux pour nous étaient toujours des vêtements.

Elle s'habillait dans un style classique : en tailleur beige, crème, marine ou gris.

Pour proposer de nous avancer quelque part

en auto, elle disait qu'elle voulait bien nous jeter sur le chemin.

Elle ne disait jamais "s'il vous plaît" à ses employées de maison. C'était "Samueline, vous apportez le café", ou "Samueline, vous débarrassez".

Pour certaines occasions, il y avait des paniers de fleurs séchées entre les assiettes.

Elle avait un frère trisomique qui se nommait Guitou.

Le mari de sa sœur s'appelait Tougui.

Elle avait instauré une coutume consistant à manger des spaghettis bolognaise le dimanche soir. Nous allions chez elle ou c'était elle qui venait.

Il ne fallait surtout pas lui passer la salière de la main à la main, mais la poser sur la table et attendre qu'elle l'attrape. Sans quoi le malheur s'abattait sur la famille.

Sitôt qu'il s'agissait d'accidents dramatiques, elle s'écriait : "Que Dieu préserve !"

Elle utilisait plutôt “fard” que “maquillage”. Par exemple : “Tu t’es fardée, une femme très fardée, on dirait qu’elle est fardée”, etc.

Mon père est mal à l’aise avec l’homosexualité. Il arrive qu’il révèle à mi-voix au sujet de quelqu’un : “Il paraît que c’est un pédé…”, ou : “C’est une gouine je crois”.

Près de chez son amie, dans le seizième, c’était un repère de prostitués. Lorsqu’on longeait l’avenue le soir, il demandait hors de lui : “Tu peux me dire ce qu’ils attendent ?”

Il m’engueulait presque.

Il ne prononce jamais le mot “lesbienne” au sujet de la sœur de ma mère. Il dit plutôt qu’elle n’est pas très équilibrée, ou qu’elle est mal dans sa peau.

Mon père attend d’être enfin tranquille le jour où nous serons sur les rails.

Il dit : quelle joie ce sera pour moi de venir vous rendre visite quand vous serez mariés.

Lorsqu’il a vu que mon frère voulait épouser une jeune femme plutôt forte et au physique ingrat, il lui a montré la photo d'une cousine éloignée du même âge, plus mignonne, en lui conseillant de réfléchir encore un peu.

Mon père aime savoir avec qui l'on sort, pour s'assurer que nos amis ne sont pas des marginaux.

Il invita l'une de mes amies au restaurant pour lui demander si je n'étais pas droguée.

Lorsqu'il a des difficultés avec ma sœur, mon père me demande d'aller lui parler afin de voir ce qui ne va pas.

Il me dit : tu es sa sœur, elle t'admire beaucoup, peut-être qu'elle t'écoutera. Moi, malheureusement, quand je dis quelque chose c'est comme si je parlais dans le vide.

Lorsque j'étais adolescente, il refusait que je fasse venir mes petits amis chez lui avant d'être sûre d'avoir trouvé le bon. Il me disait : le jour où tu me diras que c'est sérieux, que vous avez des projets ensemble, tu me le présenteras, mais avant je ne veux pas qu'il mette les pieds ici parce que alors, après, aujourd'hui c'est Pierre, demain ça sera Paul, ou Jacques, et c'est un mauvais exemple pour ta sœur.

Si elle te voit une fois avec celui-là une autre fois avec celui-là, ça va la perturber.

Lorsque j'avais un chagrin d'amour, il insistait pour que je me confie à lui puis expédiait le problème par "un de perdu cent de retrouvés".

Mon père aimait bien dire "parle à mon cul, ma tête est malade".

Quand j'étais petite, il chantonnait une comptine que j'aimais beaucoup, la romance du muguet :

"Voulez-vous que je vous chante la romance, la romance
Voulez-vous que je vous chante la romance du muguet
Elle commence par un long silence, la romance, la romance
Elle commence par un long silence, la romance du muguet
Elle finit comme elle commence, la romance, la romance
Elle finit comme elle commence, la romance du muguet."

Il nous chantait aussi *Les Feuilles mortes* pour nous endormir.

Un jour, je me surpris à sangloter au rayon produits laitiers du Franprix où ils passaient *La Mamma* en fond sonore.

Lorsqu'on partait à la campagne, nous dépassions une sortie d'autoroute indiquant Ury. Mon père nous demandait systématiquement si nous voulions sortir à Ury.

Nous avions une chienne qui s'appelait Hortense.

Une fois, au salon, je me mis à penser qu'elle allait mourir. J'avais une boule dans la gorge. Elle glapit et me lécha la main.

Ma mère fredonnait : "J'ai mal occu, j'ai mal occupé ma jeunesse, j'ai trop été, j'ai trop été dans les salons."

J'avais supplié mon père de mettre un autocollant de Pif gadget sur le pare-brise arrière de sa voiture.

Il s'était acheté une énorme Buick avec des fauteuils en cuir blanc.

Mon père me vantait toujours la beauté de sa mère alors que sur la photo on voyait une dame obèse avec un fichu sur la tête.

D'après ma mère, les femmes de cette génération passaient leur temps à discuter en mangeant des cigares au miel.

Ma mère n'aimait que le chocolat amer.

Quand il m'invite à venir manger chez lui, mon père me récite le menu pour tenter de me convaincre.

A un moment, il achetait une quantité énorme de yaourts. Chaque fois que je lui rendais visite, il me proposait d'en emporter quelques-uns.
Je rentrais en métro chargée d'un sac plastique rempli.

Pour nous inciter à manger, mon père dit : "Allez, pour me faire plaisir."

Il insiste toujours pour resservir les convives. Après avoir rempli leur assiette sans les prévenir, il les accuse de se gêner pensant les mettre à l'aise.

Mon père aime bien boire du coca à table.

Au restaurant, il commande des demis de bière.

Quand ma sœur était adolescente, mon père cherchait à savoir si elle était “formée”. Il me posait la question régulièrement.

Une fois, ma sœur lui a dit qu’elle avait un petit ami. Mon père lui demanda son nom pour savoir s’il était juif.

Mon père ne comprend pas qu’on ne lui raconte rien et trouve notre attitude anormale.

Lorsqu’il est mécontent, il nous fait la bise dans le vide en nous touchant à peine.

Après s’être emporté, mon père regrette de nous avoir traité de saloperies. Sa pensée était restée à la traîne derrière ses paroles.

Il rendait ma mère furieuse à lui raccrocher au nez.

L’une de ses insultes les plus fortes était “grossier personnage”.

Mon père répondait “dans ta bouche ouverte” sitôt qu’on disait merde.

Il m’appelait Mouka, ce qui signifie la chouette en arabe. J’ignore pourquoi il me trouvait des ressemblances avec une chouette. Quelquefois, il précisait “la chouette des tuyaux”.

Un jour, mon frère voulut faire un gâteau soi-disant de son invention : il prépara deux flans alsa dans des plats en inox et entreprit de les empiler. Le masses molles et gélatineuses se vautrèrent, dégoulinant l’une sur l’autre au démoulage. Mon frère piqua une crise de nerfs et partit claquer la porte de sa chambre, ce qui fit rire mon père aux éclats.

Il y avait une odeur particulière à la terre humide ou aux sous-bois que j’identifiais comme l’odeur de la chenille écrasée. Dès qu’il m’arrivait de la reconnaître, je remarquais “ça sent la chenille écrasée”.

Si l’un de nous était seul à table avec lui, mon père s’adressait à la chienne assise à ses pieds. Il se tuait à lui demander “alors ?”

Mon père trouve qu’on ne se voit pas assez.

Lorsqu'on passe un moment avec lui, il nous dit qu'on devrait essayer de se voir un peu.

Il nous entretient durablement de nos problèmes de communication.

Ma mère disait qu'elle se saignait aux quatre veines et qu'on l'userait jusqu'à la corde.

Je pris sa dernière photo le soir de Noël. Elle s'était fait couper les cheveux et portait un chemisier en mousseline rouge rayée de fils d'or avec un col à volants.

ACHEVÉ D'IMPRIMER EN FÉVRIER 2004
SUR LES PRESSES DE L'IMPRIMERIE
SAGIM-CANALE À COURTRY
POUR LE COMPTE DES ÉDITIONS ALLIA

ISBN : 2-84485-009-X
DÉPÔT LÉGAL : SEPTEMBRE 1999

1ère ÉDITION : AOÛT 1999
3e ÉDITION : FÉVRIER 2004

NUMÉRO D'IMPRESSION : 7204